藤木倶子句集

無礙の空

東奥日報社

目次

大初日

平成三年十二月〜四年二月

九十句

越えゆくも

大粒の星の飛んだる年の果

一燈や背山眠らせ司祭館

声あげて雲の寄せ来る枯野かな

淋代や枯れはまなすと日を頒ち

飛べさうな風湧く葦の枯れにけり

年の夜やふとなき双掌見る

いさぎよく海猫翔びつづく大初日

枯るる中己が足音に怯えをり

深雪野や孤の影しかと夕鴉

越えゆくも亡父の山河よ冬の虹

寒雷や一途にひとを思ふ刻

牛小屋に牛の犇く軒氷柱

おしら神遊ばせいたこ冬深む

雪嶺や脱ぎ替へたまふおしら神

濁声におしら祭文雪呼べり

地吹雪や乾坤分ちなく暮れて

文机の薄き埃も寒に入る

それぞれの影置く寒の雀かな

墜つるまで氷柱眩しや日を溜めて

冬草の絮光り飛ぶ蜑の墓

道の辺に貝をひさぎて頬被

寒濤や風に削がれし耳の尖

着ぶくれて不漁の轆轤軋ませる

触れし樹の肌澄みわたる寒暮かな

冬月へ黒き影はも浚渫船

荒星の寒気放ちてまたたけり

堅き水打つて白鳥着水す

白鳥の不犯の眼して発てり

瞑りて眩しさもどる冬の湖

林中に声遠ざかる冬日かな

遠雪崩

遠嶺より風ともなひし暮雪かな

雪三日齢遽《にわか》に重ねたる
擦れ違ふしじまのありて寒念仏
風冴ゆる化粧直しの船並めて

廃船の胴截る炎冬深む

船底の貽貝削がるる音寒し

寒鴉プレハブ厠凭れ合ひ

雀らに四温の雪のほとび来ぬ

夕雲へ木の梢弛む草城忌

小林康治師倒れしとの知らせあり

胸底に降り積む雪よ雪に佇ち

冬薔薇購ひ来て明日を待まむか

機上より病鬼祓ひの豆撒きたし

玄帝の逝けり康治を引つ攫ひ

横浜に着きし時はすでに逝去されし後なり

「鶴鎌倉句会」に康治師が「鮟鱇」の句を出句せし折り、
時彦、基吉、白陀の各氏が言ひ出せしとか

鮟鱇忌とや冬果ての康治佛

闇どつと入りくる戸口鬼やらふ

春の雪馬屋に降りつむ夜なりけり

師の叱咤胸に響くや遠雪崩

路通めく日々もありしが春の雁

春氷柱胸に嘆《か》言《ごと》をしたたらす

荒星の数を殖やして杁《えぶり》宿

集ひくる雪の畦道えぶり宿

桑解かれ自在に雨の粒摑む

嘆かへば遠き汽笛よ春の雁

渾身の蹼《みずかき》まざと白鳥発つ

白鳥の引くや阿吽の声重ね

荒れそめし波のはたてや鳥帰る

料峭や六腑疲れし身惜しめば

野佛の錫杖けむる春の雨

榛《はん》の花ひたひた日暮れ来てゐたり

師のあらぬ刻耐ふるべし春北斗

雁供養

踏み出して名残の雪と眩しめり

春雪や庇重ねて蛸煮小屋

春の雪濁世隠さんすべもなし

雪解や朝は雀の声うるみ

鶏駆けて雪解雫の納屋庇

剪定や小枝焼く炎の小走りに

人忘るることのかなはず春の虹

芽吹かんと樹液盈ちくる雑木山

深々と野遊びの風胸にあり

擁かれしは亡母のふところ雛飾る

古雛人恋ひの貌かくれなし

雛の夜の雛の翳りやひとり酌み

古雛納めて膝の憂かりけり

春霜や師恋ひの双掌固く組み

春の霜踏み緊め佇つや師の遠し

星隕ちてまなかひに聳つ春の山
夢の世を漾《ただよ》ひやまず若布《めかり》刈舟《ぶね》
一瞥に春寒の濤崩れ果つ

雲急ぎつつ春雷を孕みをり

春濤の響き身ぬちに厨の灯

汲みこぼす古井の水や雁供養

雁風呂の煙絶えたる思ひごと

白鳥の引きたる日暮喪の色に

康治師深大寺に納骨さる　三句

春陽の遍し墓石すでに寂ぶ

永き日の胸の内より暮れにけり

花三椏師恩匂へるごとくなり

一呼吸ありて跳び越す芹の水

初燕畦焼く煙切り返す

闇動きそめし風の端沈丁花

杳かなる眠り手操るや春の闇

花月夜

平成四年三月～四年五月

九十句

末黒野

春晨の竹叢微光放ちそむ

ひしめきて軽き命よ種選ぶ

春耕の手はじめ芥焼きはじむ

みちのくや炎と遊ぶごと畦を焼き

末黒野に踏み入る畏れありにけり

黙契のごと揃ひたり名草の芽

堅香子に蹋みて心たてなほす

陶《とう》榻《とう》に春の雪舞ふ謐《しづか》かな

ペン執りて余寒のうなじ慇《あわ》れまる

反古増やす小机の辺や啄木忌

沖船に日矢刺す春の霰かな

海鳴りに胸の湿りや土筆摘む
夕潮に纜《ともづな》弛むおぼろかな
雁引きし全き風のありにけり

大欅春夕焼けに意を尽す
霾《ばい》風《ふう》やこの世生きるに粧へど
まくなぎを崩せし風を総身に

振り返ることもあらざり蜷の道

瞭らかに水耀ける葦の角

木に倚りて吾も一幹や芽吹山

山毛《ぶ》欅《な》芽吹き峡の瀬音の渦なせり

逸る水ためらふ水や春の滝

春の滝父の忌の父甦る

顫《ふる》へゐる一輪草や滝冴

初蝶に須臾の眠りの日差しかな

春疾風葬りの後の日々堪へむ

花冷えの文焼きて身の透くごとし

師の酔ひの壮語なつかし花月夜

波郷康治かの世の花の酒酌むや

幹さすりをれば夢魔来る夜の櫻

おもかげの

堰かれては逸る水音岩燕

水奔り歓喜のごとく橅芽吹く

鮮しき刻となりゆく木の芽雨

座禅草地より湧きくる夜の闇

恋の猫闇の重きを跳梁す

群れ咲きて息惜しむがに二輪草

花散らす風は夕日のあなたより

蕨狩りまぬがれがたく膝老いぬ

リラ冷えの市に売らるる壜の蛇

おもかげの師へ物問ふも春の闇

春逝くや呪文のごとく師の句誦し

蝌蚪生れてこそばゆき水ありにけり

葉桜やまなこ巨きな土偶たち

はつなつの水匂はせて四ッ手網
素《しろ》魚《うを》の一網打尽とはゆかず
素《しろ》魚《を》呑み涼しかりけるぼんのくぼ

筒鳥の谺返しや湖平ら

吹流し日落ちて力失へり

めまとひや夕日熟れゆく沼ほとり

樺の花風の言葉を聞き流す

たたなはる雲のなごむや桐の花

雨来ると背筋正せる水芭蕉

花楓散るや音なき音重ね

冷素麺啜りて齢したたかに

新郷村にキリスト伝説あり　六句

とうすみや十字の印し嬰の額《ぬか》に

バス停のクルス掠めし夏燕

田水張るイエスキリスト隠れ里

塚山の裾の水音みどりさす

新緑や風が運べる杣ことば（迷ケ平）

蝮採りエデンの園てふ徘徊す

櫂の音

流木を拾ひて髪膚夏めきぬ

濤音に気息充たせる白地かな

海霧《じり》巻けるあたりうつつに櫂の音

海霧の底波の声聴く波殺し

こめかみに涼しさ残る海鞘《ほや》酢かな

桐咲いて空の寂けさ極まれり

籠負ひし背に火照りたる夏蕨

行厨《こうちゅう》や笹葉に受くる五加木飯

篠の子や人に後れし腰下す

筆墨に離りてゐたる夏炉かな

花胡桃齢さみしき日暮れ来る

峡の湯の闇厚ければ青葉木菟

老鶯やはたと尽きたる獣径

朴の花錆びてうなじを淋しゅうす

桑苺口染めてより口軽く

岳据ゑてにんにく畑の薄暑かな

空蝉や陶工の衣は地に干され

山藤の散りて藁屋根朽ち急ぐ

はたた神たはやすく自負崩るるも
梅雨茸蹴散らしをんな息濁す
帯なして花栗匂ふ晴間かな

岩手県北の海近き地に、中野白瀧あり

先立ちの影逸りたり瀧の径
時折は睫毛曇らせ瀧しぶく
虔めり瀧に額つ虹見下しに

瀧神に覚束なき身打たればや
瀧の前髪を重しと思ひをり
きりきりと瀧の命の水掬ふ

雨脚に喜色ありたる梅雨の瀧
瀧音の遠海鳴りとなりゆけり
えごの花散らして海の風歇《や》まず

月あらば

平成四年七月〜四年九月

九十句

手花火

身に入れて夏越の風と思ひをり

星へまづ点す祭の高提灯

山稜に映えの残れる踊り唄
月の輪をくぐりて規《ただ》す心あり
酒の香の風涼しけれ神楽殿

父恋ひの師恋ひの花火手ぐさにす

手花火を廻し黄泉への合図とも

曇天の鬱を偸《ぬす》みて花菖蒲

翡翠の一閃山河鮮やかに
雲裂けて青田に己が影を得し
一筋に人遠ざかる夏穂草

太腰を据ゑたる峡の田草取

田戻りの手足投げだす夏炉かな

峰雲や海猫が屯ろの馬淵川

白桃を掴みて呵責なきごとし

まくなぎやこの堰のもう跳び越せず

山毛欅青葉胸のうちまで日を降らす

瀧の前ラムネ噴かせてゐたりけり

七月の森に棲みゐる声あまた

病者より笑ひ賜はる半夏かな

十薬の闇へ擲《なげう》つ金亀子《こがねむし》

夫の下駄履きて出づるや二つ星

海霧流れひそかなりける星の恋

先の世の闇も灯すか青螢

韮咲くや土蔵白壁影殖やし

真向へば虹に言葉のあるごとし

恐山　四句

師のための石一つ積む灼け河原

日覆やいたこ無明の貌あげて

踊りの輪中有の影もまじりをり

死のかくも身近にありし木葉木菟

船霊

烏賊船の電球磨く炎暑かな

三伏の空の響《とよ》める海猫《ごめ》の島

海猫の雛巣立ちて古ぶ空の碧

雷雲や身ぬちに黝《くろ》きものの飼へば

フェリーボート暗き口開く我鬼忌かな

実はまなす出船は北へ針路取る

砂丘灼け空の果てより波寄せ来

康治師の句に「浜風露胸に飾りて恋せむか」あり

風露草手折りて恋の杏かかな

落し文拾ひて捨てて蜑去りぬ

土用太郎汐風煽る蜑の墓

凌霄や己れ疎むが声に出て

桟敷より人呼ぶ祭団扇かな

祭の子逸りて声の裏返る

繋がれて馬の深息祭終ふ

サンタマリア号八戸に寄港す　五句

日盛りや曳航の船ゆるやかに

船《ふな》霊《だま》を祀り船長《カピタン》室暑し

帆船やマスト掠めし軽鴨《かる》家族

夏果ての太きマストに北斗の尾

影絵めく帆船泛べ烏賊釣火

盆花を摘みて五欲を淡うせり

児は鼻に汗浮かせをり地獄絵図

施餓鬼寺婆が這ひ出る散華かな

散華して花筥《けこ》の五彩の紐涼し

父母還る刻か送り火崩れたり

むすび焼く送り火の燠かきたてて

てのひらの鬼灯に胸癒されぬ

康治師よ
訊きかへすすべなき秋の螢かな

目をそらし仰ぐ銀漢泣くまじく

今生の彩を咲き継ぐ木槿かな

露けしや孤りの影を地に伸ばし

李白の酒

稲びかり刃物匂へる夕厨

自然薯を擂ると豊かに膝晒す

秋の蚊を打つ謐けさや夜の雨

索道のことに廃道葛の花

村潰え橋潰え水澄みにけり

蓮の実を噛んで小暗き森見をり

秋茄子日の暈に影深めゆく

贖罪のごと姉見舞ふ白露かな

蕎麦の里・南郷村　四句

花蕎麦の間をゆくなり車椅子

蕎麦畑に日の離りゆく火の見塔

風絶えて夕日沈めし蕎麦の花

白楽天の詩「村夜」に「月明蕎麦花如雪」の一節あり

月あらば「村夜」の蕎麦の花ならむ

通草蔓山の童に蹤きゆけば
屈強の男高ぶる穴まどひ
花芒籠負ひし背の消えゆける

橡の実の墜ちて天地の息乱す

鰯雲呼ばれて耳の振り返る

踏み入りて土の香しるき零余子かな

ちかぢかと夕星を得し茸山

山下りて来て山恋へり鉦叩

岩手県北・観音林　五句

壁なせるホップの裾や小昼の餉

ホップ刈る長柄の鎌に日を刎ねて

大鎌の一閃ホップなだれ落つ

人声や風やホップの香にまみれ

ホップ刈られ雲の往来自在とす

人葬り秋風に躬を囲まるる

喪帰りの脛を打ちたる蝗かな

放蕩の果ての色とも枯あぢさゐ

夫待つや月に供へしもの食うべ

李白の詩「宮中行楽詞八首・其四」に
「漢教名月去／留著酔姮娥」とあれば

名月をとどめ李白の酒斟《く》まむ

寒昴

平成四年十月〜四年十二月

九十句

木の実独楽

篁の露満天の星やどす

暦日や願ひ異なる流れ星

菊の酒酌みし記憶に師の一語

蓮池をめぐりつ秋の扇かな

蓮の実の飛んで現世の水の音

水音より高き風音破蓮

蓮枯れぬ沼面に己が貌伏せて

畦道や童子の尿に蝗跳び

風柔し蝗跳ぶ音耳裏に

波打って夕日支ふる稲穂かな

稲妻や明日より今日を怺へねば

銀河濃し眩暈のごとく地震過ぎて

懸煙草人は無残に老いゆくか

天空に突き抜けてゐる柿梯子

遠嶺やある日ふと消え秋燕

たはやすく人の去りゆく崩れ簗

秋思はやさざなみだてる潦

露けしや忌日の菓子を食べこぼし

木の実独楽嬰の掌に光あつめたり

七戸町郊外・八幡岳　四句

山の音ひしとまとへり夕紅葉

放牧の牛の眸と合ふ紅葉山

源流とふ水湧きいづる山毛欅黄葉

茸山触れむばかりに雲動き

小川原湖近辺　七句

みちのくや稲もて括る稲の束

夫寡黙妻饒舌に稲車

湖畔まで金の稲架立つ入日かな

瞑ればほのにはかなり大刈田

羽根拡ぐる鵜に秋風のありやなし

鳥渡るみづうみの景鮮明に

夕風に拉致され戻る花野かな

冬満月

先駆けの白鳥頸のなめらかに

みづうみへ星の傾く虎落笛

遼かより声ありの星煌と

冬満月名ある星率て昇りたり

枯蔓を引きて山翳寧けしや

歩をとどめみても一人や枯葉径

師の庭の萩思ひ萩焚きゐたり

萩焚く焰映して皺む潦

柊の花の日月よるべなし

夜へ沈む柊の花掃き残す

枯穂草裾に侍らせ岬路

冬ざれや砂垣うづむる砂の嵩

時雨雲はた霰雲舟帰る

陸揚げの蛸の逃げ足日の短か

繋船の軋む力や初しぐれ

人の訃に冬日慌ただしくありぬ

喪帰りの数珠置く音や桃青忌

帰り花父母の面輪のあはあはと

山門やしぐれに目鼻閲さるる

枯菊を焚きて臥処に香を残す

毀誉褒貶我が身離れぬ噓かな

冬鵙や恙ありしは身の咎と

枝川に背鰭犇き鮭遡る

鮭は筎《ど》に束の間の影重ねたり

鮭捕りの顎吹き上ぐる簗の風

人の目をあつめてぞ鮭撲ちにける
灯の外に瞑き口開け鮭積まる
簗暮れて風すさびそむ枯芦原

旅果ての夜を一入のしぐれかな

風花や腕抱き見る遠き嶺々

一誌成る

冬瀧の裸身に眼晒されぬ

岩肌に翼なしたる冬の瀧

冬の瀧水底へ水穿ちたる

雪嶺の翳抱きゐる無辜の湖
対岸の一燈点る鴨の声
ためし吹く鳥笛落葉うながせり

父恋ふや冬の泉は声なさず

冬蜂の命預けし日射しかな

極月の深き轍や水車小屋

貌ひとつ枯葦原を分け出でぬ

濡れ色の馬身過ぎ行く枯の中

山祇や日を滑らする草氷柱

日輪の一人に眩し冬積

木枯に融通の海無礙の空

汐の香や冬たんぽぽに長踞み

雪しまく山をそびらの一漁村
闇白く雪擦つて雪吹き上がる
飛雪急鋼色して波走る

海鳴りや干鱈揺れ鳴る深廂

女等の声の鋭角冬駆け来

林立の帆柱に降る寒月光

困に縛され佇つも己のみ

風邪熱の夢きれぎれに極彩に

投げ入れて焼く焔の大き枯あぢさゐ

庭梯子畳みて昏れぬ頬かむり

夕星へ雪吊りの松威儀正す

オリオンの凍てを貰ひし鼻の先

寒むや夜の窓より洩れてはやり唄

寒昴真実人を思へとや

「たかんな」創刊す

冬星を華やぎとなし一誌成る

あとがき

この度はご縁があって、東奥文芸叢書の二次企画に加えて頂きありがとうございます。最初のお申し越しの際には第八句集『清韻』出版と重なり、心ならずも辞退したのですが、この度のお誘いにあたり、私の第九句集『無礙の空』の出版となりましたことを喜んでおります。

句集名は集中の〈木枯に融通の海無礙の空〉に拠りました。どんな事態になっても今眼前にしている海や空のように自分を見失うことの無いようにという願いを込めました。この一冊は毎月三十句ずつ連載の句（牧羊社「俳句とエッセイ」平成四年三月号より平成五年二月）でまとめました。この年は、俳句における私自身のターニングポイントの年でした。その一年間の記録でもあります。連載が始まった時は小林康治先生に師事しておりましたが、あっと言う間もなく二月三日に急逝なさいました。以来教えを請う人も無く、ただがむしゃらに吟行し作句を続けました。先生の結社誌「林」は廃刊になり、創刊することになった「たかんな」の準備もしなければならず、駆けずり回りました。生涯を俳句と共にという決意の年だったと思います。この三百六十句の中から第四句集『竹窗』に九〇句、第五句集『栽竹』に七〇句収められております。残っていた二百句が、新たに句集に取り上げられて、おずおずしながらも喜んでいるような気持ちが致します。この度ご尽力くださいました皆様に心から御礼申し上げます。

平成二十八年二月

藤木倶子

著者略歴

藤木倶子（ふじき　ともこ）

昭和六年七月二十一日八戸市生まれ
昭和五十三年「北鈴」「泉」に入会、小林康治に師事
昭和五十五年「林」創刊に参加
平成五年一月「たかんな」創刊、主宰
著書　句集『堅香子』『雁供養』『狐火』『竹窓』『栽竹』『火を蔵す』『淅淅』『清韻』『花神俳句館　藤木倶子』
句文集『わたしの歳時記・貝の歳時記』『自解百句選　藤木倶子』『自注現代俳句シリーズ・藤木倶子集』
随筆集『恋北京』『漢訳　藤木倶子俳句・随筆集』
俳人協会名誉会員、日本文芸家協会会員、国際俳句交流協会評議員、ＮＨＫ文化センター講師、ＨＴＶ「藤木倶子の俳句サロン」主宰。
平成十三年八戸文化賞、平成二十五年デーリー東北賞、平成二十七年青森県芸術文化振興功労章受章

東奥文芸叢書　俳句26

藤木倶子句集　無礙の空

発行　二〇一六（平成二十八）年二月十日
著者　藤木倶子
発行者　塩越隆雄
発行所　株式会社　東奥日報社
〒030-0180　青森市第二問屋町3丁目1番89号
電話　017-739-1539（出版部）
印刷所　東奥印刷株式会社

ISBN－978－4－88561－226－8　C0092　￥1200E

東奥日報創刊125周年記念企画

東奥文芸叢書　俳句

加藤　憲曠　新谷ひろし
藤田　枕流　野沢しの武
草野　力丸　工藤　克巳
畑中とほる　吉田千嘉子
竹鼻瑠璃男　高橋　千恵
土井　三乙　徳才子青良
三ヶ森青雲　橘川まもる
福士　光生　田村　正義
吉田　敏夫　小野　寿子
浅利　康衞　木附沢麦青
増田手古奈　成田　千空
宮川　翠雨　日野口　晃
泉　風信子　藤木　倶子
奥田　卓司　佐々木蔦芳
松宮　梗子　敦賀　恵子
（既刊は太字）

東奥文芸叢書刊行にあたって

青森県の短詩型文芸界は寺山修司、増田手古奈、成田千空をはじめ日本文学界をリードする数多くの優れた文人を輩出してきた。その流れを汲んで現代においても俳句の加藤憲曠、短歌の梅内美華子、福井緑、川柳の高田寄生木など全国レベルの作家が活躍し、その後を追うように、新進気鋭の作家が次々と現れている。

1888年（明治21年）に創刊した東奥日報社が125年の歴史の中で醸成してきた文化の土壌は、「サンデー東奥」（1929年刊）、「月刊東奥」（1939年刊）への投稿、寄稿、連載、続いて戦後まもなく開始した短歌・俳句・川柳の大会開催や「東奥歌壇」、「東奥俳壇」、「東奥柳壇」などを通じて、本州最北端という独特の風土を色濃くまとった個性豊かな文化を花開かせてきた。

二十一世紀に入り、社会情勢は大きく変貌した。景気低迷が長期化し、核家族化、高齢化がすすみ、さらには未曾有の災害を体験し、その復興も遅々として進まない状況にある。このように厳しい時代にあってこそ、人々が笑顔と元気を取り戻し、地域が再び蘇るためには「文化」の力が大きく寄与することは間違いない。

東奥日報社は、このたび創刊125周年事業として、青森県短詩型文芸の優れた作品を県内外に紹介し、文化遺産として後世に伝えるために、「東奥文芸叢書（短歌、俳句、川柳各30冊・全90冊）」を刊行することにした。「文化」の力は地域を豊かにし、世界へ通ずる。本県文芸のいっそうの興隆を願ってやまない。

平成二十六年一月

東奥日報社代表取締役社長　塩越　隆雄